辻野チヤ子

むかしむかしの子ども達

奈良時代の少年

文芸社

目次

生まれは近江国《おうみのくに》

鮒取《ふなとり》（十歳）は、近江国《おうみのくに》（滋賀県あたり）の山里に、父亀人《かめひと》、母布女《ぬのめ》、四歳年上の兄鯉取《こいとり》の四人で暮らしています。ひょろりと伸びた背の高い少年です。

その日、鮒取は、父、兄とともに、林わきの畑に麦ふみに来ていました。

麦はのびすぎると倒れます。倒れると、せっかくの実がくさったり刈り取りにくくなったりします。一株一株ふみつけて、のびにくくするのです。のびようとする元気な株を一足一足ふみしめるのは、けっこう力のいるものです。畑はここだけではありません。

「あっちも、きょうするの？」

向こうの畑も麦の緑がつづいています。

「麦だんごが食いたけりゃしっかりふみしめろ」

目の前のうねで、鮒取には背を向けて、麦ふみをしている兄さんが、背中ごしに言いま

した。

「だんごはこうばしくてうまい。それを楽しみにふみしめろよ」

兄さんはわざとらしく脚《あし》に力を入れてみせます。

「いや、ひしおを作らねばならぬ」

もひとつ前のうねをふんでいる父さんが、やはり背中を見せたまま言いました。

ひしおとは、食べ物の味つけに使うものです。麦と豆と塩とこうじ（蒸《む》し米にかびをつけたもの）をまぜて長く置くと、ふつふつと泡《あわ》をふきながら、おいしそうなにおいのするどろどろのものになります。今のしょうゆやみそのようなものです。

この時代、日本の国の中心は奈良にありました。天皇をはじめ、貴族や役人達は、みな奈良の都《みやこ》に住んでいました。平城京《へいじょうきょう》と呼びます。

日本はいくつもの国（今の県や府のようなもの）に分かれていました。都からつかわされた役人（国司《こくし》といいます）の下で、人々は、天皇や朝廷にさし出す税を作らされていました。村々では五十戸（戸は複数の家族のまとまり。一戸が二十人ほどになることも）をまとめて一里とし、里長《さとおさ》が決められ、村人達が税をとどこおりなく納めるようとりはからっておりました。ひしおは鮒取の里から納めなければならない税の一つであったのです。

「精が出ることだな」

いきなり声をかけてきたのは水丸《みなまろ》でした。

「おお、休みをもらって帰ってきたか」

父さんは麦の上から下りました。

水丸は村人の一人です。いつもは都で暮らしています。天皇の下で政治を行う役人につかえているのです。こうして休みをもらって田を耕しに帰ってくるのでした。

「大きゅうなったな。もう、りっぱな働き手だ」と鯉取をうち眺め、ついで鮒取に目をやりながら、水丸は言いました。

「お前はいくつになる？」

「十歳」

「ほほう、十歳。大きいのう。十歳とは思えぬわい。次の戸籍《こせき》作りで口分田《くぶんでん》か」

口分田とは、朝廷から国民一人一人に耕作をまかされる田のことです。

以前は国中の土地や人々は、天皇や貴族達が、自分の財産として分け合っていました。この時代には私有をやめて全て国家のものとなっています。朝廷は、国司を通じて国中の田を国中の人々に割り当てて米作りをさせました。この割り当てられた田を口分田といいます。

とれた稲から税を取ります。また、種もみを貸《か》し与え、これも収穫した稲から貸《か》し賃《ちん》とともに返させました。人々には、一年間食べていくだけの米は残りません。畑で粟《あわ》や麦を作ってしのぎました。

口分田は、生まれ故郷で割り当てられました。都に出ている人々は、水丸のように休みをもらって米作りにもどってこなければならなかったのです。

税は、まだあります。

布を織ってさし出す税もあります。

天皇や朝廷が必要とする食料・材料、道具・武具など、ありとあらゆるものが税として割り当てられました。鮒取の里でのひしおもその一つです。

力仕事にもかり出され、都まで連れていかれます。

その土地での力仕事にもかり出されます。

兵としても出なければなりません。

税を都まで運ぶこともします。

その行き帰りの食料は自分持ちです。遠い国からでは四十日も五十日もかかります。

人々は税に追われつづける明け暮れでした。

水丸は都に住み朝廷の仕事をしていましたから、税は口分田の米をさし出すだけでした。

故郷に帰るたび、村人達の暮らしをつくづく気の毒に思うのでした。

「おお、そうだ！」

歩みはじめた水丸が大きな声を出してひきかえし、かついでいた鍬を下ろしました。

「な、その鮒取を都で働かせてみないか？」

しげしげと鮒取を見つめながら、亀人に言います。

「この小わっぱを？」

亀人父さんが驚きました。

「そうよ。小わっぱなればこその仕事がある。都に出す気はないか？」

父さんも兄さんもあっけにとられて水丸を見ています。鮒取は何を言われているのか分かりません。自分のことらしいというのは分かりました。ただ、父さんと水丸に目をきょろきょろと走らせているだけでした。

「都へ出せ、出せ。そうすれば税も軽くなる。仕事の口にいささか心当たりがある。それがいい、それがいい」

水丸はしきりに一人合点をして鍬をかつぐと、

「よい報《しら》せを待て」

と行ってしまいました。

村の北側は小高い山がつづいていて、村人はその山ぎわぎりぎりまで畑を切り開いていました。

きょうはその小山の一つでウサギ狩りをするのです。山の木々の茶枯れた残り葉が、風にあおられてあちらこちらと舞い落ちていました。

村の民が総出です。里中《さとじゅう》の村々から数えきれないほどの人達が集まっていました。みな手に手に棒を持っています。

「お前もこれくらいの棒なら使えるだろう」

はじめてウサギ狩りに参加する鮒取に父さんが棒を一本渡してくれました。

里をたばねる長《おさ》が大声で呼びかけまわっています。

「この里に言いつけられている数のウサギをきょうはそろえたい。そして、今年の春の祈りのためにも。たくさんのウサギをとって、にぎやかにまつろうぞ」

この里では、税としてかなりの数のウサギをさし出すよう命じられているのです。さらに、まつりのためのウサギも必要でした。やがて春になると、田畑の仕事がはじまります。その前に村々では村中の人々がお社の前に集まり、いろいろなものを神に供え、神とともに食べ今年も実り豊かな年でありますよう祈るまつりを行うのです。

今朝早く、幾人かが山の上に網《あみ》を張りに行ったそうです。人々は山すそをとり囲むように横一列に並びました。

「合図とともにいっせいに山をかけ登る」

里長が一言一言《ひとことひとこと》ゆっくりと命じました。

「音を立てるな。動かず合図を待て」

鮒取も棒を手に、兄さん父さんと並んで草むらに身をひそませます。首をのばして見上げると、立ち並ぶ木々にはさまざまなつるがからまり、下草がびっしりと丈《たけ》高くしげり、少しの先も見えません。

「行けッ！」

とつぜん、里長がさけびました。

「オー」

と、声がどよめきます。

パシッ　パシッ　ボキン

山は大《おお》そうどうになりました。

枯れ葉がとび散ります。

小枝が折れます。

人々は力のかぎりほえたてます。

鮒取も兄さんの鯉取におくれまいと棒をふりまわし、わめきつづけながら登ります。しかし、なかなか前に進めません。

足もとに気をつけろですって？

草におおわれている足もとをたしかめてなどしていられるものですか。

もっと早く木々の間をすり抜けよと声がかかりますが、小枝が上着をひっぱります。

ずぼんのすそにつるがからみつきました。手で引き離すと、チクッと痛みがてのひらいっぱいにささりました。細かなとげをみっしりとつけているつるでした。

「ほらほら、ほらッ！　そっちそっち！」

人々の間をすり抜けてウサギが一匹かけ下りていきました。

「逃がしたなァ！」

長の怒《いか》り声がとびます。

下草がざわつきます。

ウサギがかけ抜けているのでしょう。追いたてられて山頂へ山頂へと下草の動きが走ります。

鮒取も、血のにじみ出るてのひらが痛いなんて言っていられません。犬に負けないほど、

「ウォー　ウォー」

と、目や口にとびこんでくる木くずやほこりをものともせずにたけりくるっていました。

いつのまにか棒をなくしていました。

両手をふりまわし、人々の熱気に負けじとわめきたて、網に向かってちぢまっていく人の輪におくれまいと、力いっぱい走ります。


かなりのウサギがとれました。

お社の前で神まつりの後、みなでウサギの肉を楽しみました。持ち寄った木の実も干し魚もおいしかったですが、ウサギの肉はかくべつです。しかし、税の分を取って、村ごとに分け合うと、それほど多いとは言えません。もっと食べたいと思っても、ウサギ汁の鍋は、たちまち空っぽになりました。父さんも残りおしそうに椀の底の汁を、音を立ててすすっています。

「なんとか腹いっぱいに食いたいものよ」

「どうだ、この村だけで、ウサギ狩りをやらないか」

だれかが言いました。

「やろう、やろう」

みなが、笑顔でうなずき合います。女達も、

「肉が多ければ汁をもっとおいしく作ることができる」

と声をそろえます。

人々の輪の外で、三匹の犬達が投げてもらった骨にむしゃぶりついています。鮒取は、おいしいものを食べるうれしさにひたっていました。村での明け暮れはきびしい仕事の合間に、このような楽しいこともあるのでした。

平城京《ならのみやこ》

鮒取が十一歳になった春のはじめ、水丸《みなまろ》が鮒取を迎えにきました。

村を出て二日めの夕方近く、大きな橋を渡りました。

「いよいよ都に入る」

とふり返る水丸に、鮒取は返事もできません。

目の前にそびえ立つこの建物はなんでしょう。幅広く堂々と積み上げられた石段の上に立ち並ぶ朱《あか》い大柱、重々しいかわら屋根の二階建て。

これが都……。

鮒取の胸がドッコドッコと鳴りはじめました。

水丸はとっとと石段をのぼり、建物の中を通り抜けました。

あわてて鮒取も後を追います。

「この建物は羅城門《らじょうもん》というてな、これが都への入り口じゃ」

このりっぱな建物が門だというのです。門の両わきにも朱柱白壁《しゅばしらしらかべ》の塀《へい》がのびています。

さらに驚いたのは、この門からはるか向こうまでつづく広い広い大路。あのウサギ汁を楽しみ合った村人達の集うお社前の広場が三つはすっぽり並ぶほどの広さです（道幅が七五メートルあったという大道路）。そして正面には、この羅城門と同じ朱ぬりのりっぱな門がごくごく小さく見えています。

「この道は朱雀大路《すざくおおじ》。向こうに見えているのは朱雀門《すざくもん》。門の中は内裏《だいり》と言うてな、天皇様のお住まいがあり、役人達が集まって政治をとり行っている」

鮒取は水丸の言っていることも耳に入りません。ただ、ただ、驚きに胸を高鳴らせ、つっ立っているだけでした。

「行くぞ」

歩みはじめた水丸に、鮒取もあわてて後を追いかけます。

大路は、ただ、むやみに広いだけ。見上げるほど高い土塀《どべい》（六メートルの高さだったそう）がつづくばかり。両側には溝が作られていました。溝といっても村の小川ほどはあります（三メートルほどの川幅）。溝にそって柳の並木が植えられています。枝垂《しだ》れている長い細枝が芽ぶきはじめのうす緑銀をまとって風にゆれていました。

夕方近い大路にはいっぱいの人が行きかっています。村のまつりの集まりどころではないたくさんの人々の姿に、驚きはますます大きくなります。

馬に乗っていく人がいます。見たこともない青色の衣服を着た人がいます。緑色も赤色もいます。長い上着です。上着のすそから白いずぼんが見えます。黒っぽい靴をはいています。短い上着に長いスカートをはいた女達もいます。空色、紫、桃色と色とりどりです。

それにもまして多いのが、村人と同じようなうすよごれた白上着白ずぼんの人たちです。重そうに荷物を背負ったりかついだり、持ちにくそうにかかえていたり。犬までがいそがしそうに人々の間を走っています。

これが都……。

鮒取はおそろしいとさえ思えてきました。

こんなざわめきの中にいるのはこわいです。

こんなに多くの人々の姿はこわいです。

とんでもないことになってしまった。

どうしよう……。

どうしようもない。

村へ帰りたい……。

帰れない。帰れないのだ。

どうしよう……。

どうしよう……。

きょろきょろしていると、横路から出てきた大きな犬と目が合いました。犬はまっすぐ鮒取に寄ってきてクンクンとにおいをかぎます。村で遊び相手にしていた犬とは目つきがちがいます。鮒取は水丸の背中にしがみつく思いで後ろにつきました。

「こりゃぁ!」

水丸がふりむきざま大声を出し、こぶしを上げました。

犬は、ウーと低く、ひと声うなると路を横切っていきました。

「やたら犬が多かろう」

水丸が言いました。

飼い犬もいれば野良犬も多いそうです。

「ごみを食いあさり、時には人をおそったりもする」

鮒取の心はちぢみ上がるばかりです。

だんだん正面の朱雀門に近づいてきました。と、水丸は横路に入りました。

都は、朱雀大路を中心に、大路や小路で縦にも横にも規則正しくくぎられていました。

まるで格子《こうし》のようです。入っていった横路も広い道幅でした。ここも高い土塀がつらなっています。水丸はその長い土塀の一つの中ほどで、

「やっと着いたぞ」

と鮒取をふり返りました。

いかめしい木の大扉がびしっと閉められています。わきの小門から、

「来い」

と、鮒取を連れて門をくぐりました。

広々としています。

静かです。

人影も見えません。

植えこみの木の影が、白い砂を敷きつめた庭に長々とのびています。

かわらぶきの大屋根の建物が、大門のま正面にどっしりとかまえています。くっきりと

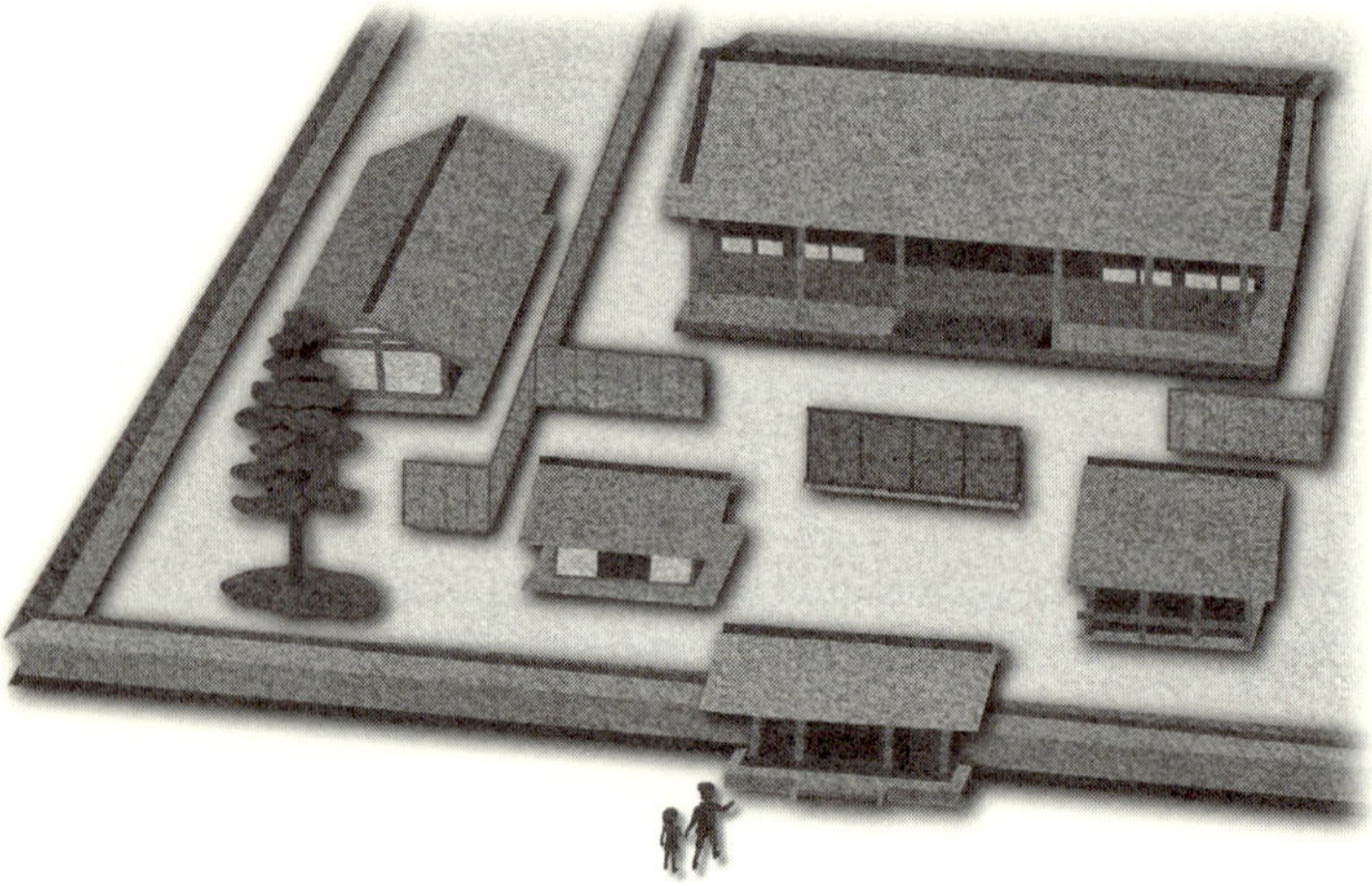

影を作って、夕方の赤い光の中で静まりかえっています。

こわい、と、鮒取はまた思いました。

この人気《ひとけ》のなさがこわいです。

この重々しさがこわいです。

さっきのこわさより、もっとこわいです。

「三《さん》位《み》様《さま》のお屋敷じゃ」

貴族《きぞく》という高い身分で、朝廷で重要な仕事をしているお役人だそうです。

水丸は鮒取のおびえに気がつきません。ずいずいと右奥の方へ進んでいきます。建物をとり囲むようにめぐらされている板塀《いたべい》の後ろにまわりました。そこには大小の板壁の建物がいくつもありました。その中のひとつに入り、中で書きものをしていた一人の青服の男

に鮒取を引き渡し、

「いいか、しっかり働くのだぞ」

と帰っていってしまいました。


鮒取に割り当てられたのは犬の世話で、犬司《いぬつかさ》と呼ばれる仕事でした。

青服の男に連れていかれた建物の前で待ちかまえていたのは、かなり年上の若者でした。

「おお、やっと来たか」

この若者は次の仕事が決まっていて、代わりの者が来しだい、今までの犬の世話は終わるのでした。

「犬は四匹いる。一匹は仔犬だ」

犬達は屋敷の中を自由に歩きまわっているそうです。

「餌をやって、やつらの糞《くそ》を拾い集める」

と、仕事を教えてくれました。

「お屋敷には姫様も若君もおいでだ。犬とお遊びになる。けがをなさらないよう気をつけなければならない」

そして、

「まず餌だ、来い」

と、布袋を建物の中から持ち出してきて、つかつかと歩みはじめました。

連れていかれたのは大きな白壁の建物でした。

中に入ると柱ばかりが目につきます。建物全体で一つの部屋になっています。濃い青色、薄い青色、中には緑色の上着の役人（役人の身分に応じて服の色がきめられていた。青色は低い身分）など大勢います。あちこちで机に向かっていたり、柱のわきに置かれた棚に向かっていたり、動きまわっていそがしそうです。

若者は、机に向かっている一人に小腰をかがめて、

「犬司、米をいただきにまいりました」

と言いました。

役人は、机に積み上げてある細長い木札を手に持つと墨《すみ》くろぐろと、

「犬」

と書きました。

「三匹だったかの？」

「はい、そのうちの一匹は仔を生んでおります。それで三匹と仔犬が一匹」

ついで、

「お前の名は？」

と、顔も上げずに聞きます。

「犬司の池麻呂《いけまろ》。あ、そうだ。お前の名は？」

と鮒取に聞き、

「明日からは鮒取がまいります」

と言いました。

「よし、行け」

と、役人はすべてを書き終えた木札を池麻呂に渡しました。

池麻呂はその木札を持って、板壁の大きな建物に入っていきました。

青服の役人にその木札を渡すと、役人は木札を見て、

「おい、この者に米を」

と、村人と同じ白上着の男に命じました。

建物を出て、

「持て」

と、池麻呂に手渡された袋はずしりと重いです。

村では米は、この上なく大切なものでありました。いったいこの米をどうするのでしょう。これほどの米を、こともなげに袋に入れて手渡すとは……。母さんがこぼれ落ちた一つぶの米でさえ大切そうにつまみ上げ、鍋《なべ》に入れていた姿が思い出されます。

仕事場の小屋にもどると、池麻呂は、

「米を炊《た》け」

と言います。

「犬が腹をすかしていよう」

「犬？」

鮒取はわけが分かりません。

「犬に食わせるのよ。その米は犬の餌だ」

鮒取の驚きは言いようもありません。

「犬の餌……」

思わずつぶやいてしまいました。

池麻呂に教えられながら米を炊き上げると、さっそく池麻呂に連れられて犬を呼びに行きました。

二匹は、鷹部屋の前にいました。

格子戸がはめられたうす暗い部屋の中には、何やら動く気配がします。目をこらすと、それはとがったくちばしの大きな鳥です。鷹でした。部屋の中にしつらえられた止まり木に四羽並んで、見つめる鮒取をするどく見返しています。

「三位様は鷹狩《たか》りがお好きだ」

池麻呂が鮒取の後ろから、やはり鷹に目をやりながら教えてくれました。

「草むらや林でかくれているえものを犬に追い出させ、この鳥につかまえさせるのだ」

「おう」

と声がして、一人の少年があらわれました。

「新しい犬司か?」

と近づいてきます。

「ああ。鮒取という名だそうだ」

池麻呂が、

「鷹司《たかつかさ》の虫足《むしたり》じゃ」

と、二人をひき合わせてくれました。

背の低い虫足はじろじろと鮒取を見上げた後、ひょいと鷹部屋の縁に腰をかけて、

「犬と鷹とは、なれ合わせておかなくてはならない」

と話しはじめました。

「狩りに出た時、犬と鷹とがおたがいに警戒し合わないようにな、つねに姿を見せ合うようにしているのだ」

虫足は、脚をぶらつかせながら楽しそうに話します。鮒取は、自分と同じ年格好《としかっこう》の少年に会えた安心に心がゆるむのをおぼえました。

「さ、次はあの親子だ」

と、後の二匹をさがしに行く池麻呂に、

「おれも行こう」

と、虫足はとび下り、ついてきて、次から次へと屋敷のことを教えてくれました。

夜は屋敷のすみに並び建つ板小屋の一つで、たくさんの白服の人々と過ごしました。大人達にまじって少年の姿もそこかしこに見えました。声高にしゃべり合う人々の話し声には聞きなれないもの言いばかりで、鮒取には聞き取れません。虫足が、鮒取の姿を見つけて寄ってきました。

「遠国《えんごく》から来た人々は、みな、ああして同じ国どうし集まるのさ」

その地方のもの言いでしゃべるので、ほかの地方の者には分かりにくいそうです。ですから、よけいに同じ国どうし集まり、声も大きくなっていくそうです。鮒取にもちらりちらりとなつかしい近江国の言葉が聞こえてきますが、どのあたりにいるのかが分かりません。虫足から離れる気にはなりませんでした。

黒飯（米を籾《もみ》から外しただけで炊くので黒っぽいご飯になる。臼《うす》と杵《きね》で米を白くして炊く白飯は身分の高い人だけ）と、わかめ汁、小皿に盛った塩だけの夕食が与えられた後は、地面に敷きつめられた板床で眠りにつきました。

灯《ともしび》一つない小屋は暗闇《くらやみ》に満ちていますが、ふだんから夜の闇になれている目には、おぼろにせよ、押し込まれたような有様で眠る人々の寝姿は見えなくもありません。鮒取は、こんなにも大勢の人々と寝ることにとまどってなかなか眠れそうにもありません。人々のにおいや寝息、歯ぎしりときんちょうで息苦しいほどです。
しかし、つかれは、むりやり鮒取を眠りのふちに連れこんでしまいました。

犬司《いぬつかさ》・鷹司《たかつかさ》

鮒取は鷹司の虫足とたちまち親しくなりました。犬達も鮒取になれ、とくに仔犬は鮒取にまとわりつきます。

犬小屋は馬小屋（馬も三頭飼っていた）のそばにありました。しかし、好き放題に屋敷の中を動きまわります。時には厨屋《くりや》（料理をする建物。屋敷の人々の食事や客のもてなし料理をととのえる）の近くに座りこんで、くんくんと鼻をひきつらせていることもあります。正殿（正門ま正面の大屋根の建物。主人の住まいで、仕事をしたり来客を迎えたりする）や脇殿《わきでん》（家族がおつきの人々と暮らす建物）の前庭に入りこんでいる時もあります。

その日も、脇殿あたりからかん高い子どもの声が聞こえてきました。さてはと、鮒取はあわてて脇殿の前庭にかけこみました。

若君が笹竹にまたがり引きずって、庭をかけまわっています。馬に乗っているつもりでしょう。

その笹の葉にじゃれつこうと、仔犬が後を追います。

その仔犬をつかまえようと、姫君が追いかけます。

ハイ　ドゥ

ハイ　ドゥ

若君は、仔犬をふりむきふりむき、わざと笹竹を大きくゆすって走ります。

姫君は、もすそ（長スカート）のすそをふみそうになって、いくどとなくころびかけながら仔犬に手をさしのべます。

鮒取は、棒立ちになっていました。

おつきの女が出てきました。

「これ」

と、鮒取にあごをしゃくり、

「犬を連れておいき」

と命じました。そして、

「もう、おしまいになされませ」

と、二人に言いました。

鮒取は逃げまどう仔犬をつかまえると、深々と頭を下げて出ていこうとしました。

「いやだ！」

と、姫君のかん高い声が追いかけてきました。

「だめ！」

と、鮒取の前に立ちふさがります。

「抱かせて」

と、両手をさしのべます。

「ね、抱かせてってば」

鮒取はおつきの女を見ました。

女が、かすかにうなずいたように見えました。

姫君に近づき、そっと仔犬をさし出しました。

いい香りがしました。

桃色と緑色の花模様の上着に緋《ひ》色（ほのおのようなあかい色）のもすそをはいています。

まっ赤な細帯が胸もとで大きく蝶むすびになっていました。そのむすび目にのせるように仔犬を渡すと、姫君は両腕でしっかりと抱きかかえました。

うれしくてたまらないといった顔を鮒取に向けます。

鮒取の背骨に、ぞくりと今までに経験したこともないようなものが走りました。

しばらくして、おつきの女が、

「もう、そのぐらいになさいませ」

と言い、鮒取に、

「向こうへ」

と手をふりました。


ある日、鮒取が鷹司小屋の前を通りかかると、虫足が鷹の餌を作っていました。

大きな肉のかたまりを湯につけています。

「何をしている?」

「塩抜きよ」

遠国《えんごく》から送られてきたウサギの肉だそうです。くさらないように塩づけにされているそうです。

「鷹に食わせるにはな、こうして塩気をとってしまわないとな」

いくども湯をかえ水をかえ、しっかりと塩抜きをするそうです。

鮒取は、村でのウサギ狩りを思い出しました。都へさし出したわずかな残りを、村ではみなが集まって、めったにない楽しみとして食べ合いました。そのウサギが、都では鷹の餌となっていようとは……。

虫足は肉を細かく切りはじめました。切りきざんだ肉をだんごに丸めます。

「都うちでとれたネズミなら、塩抜きをせずにすむんだが、きょうはネズミがさし出されておらん」

虫足は肉だんごを持って鷹部屋へ行きました。

見ると、肉を切った厚板のはしに、肉片がへばりつき残っています。

ここへ来てから、鮒取の食事には肉などかけらもつきません。あの、ウサギ狩りの後で食べた肉鍋《にくなべ》の味がたまらなく思い出されます。

犬達のことも思い出しました。

皮をはぎ、肉を切り出す村人達のまわりを、犬らは離れようともせず、かたずを飲むようにして座りこんでいました。時おりほうり投げられる骨切れに、犬達はいっせいにせり合い、むしゃぶりついていました。

鮒取は、ここの犬達にも食わしてみたいものだと思いました。どんなに喜んでしっぽをふりたてることか……。

そっと肉片をつまみ上げました。

ひらひらと薄い肉片です。

ひとしゃぶりにもなりません。

そうだ、あいつにやろう。

仔犬なら少しは味わうこともできようと、仔犬をさがしに行きました。

肉切れのねばっこい汁が指の間からにじみ出てきます。

どこにいるのか……。

建物の角をまがって仕事場の通路にもなっている中庭に出ました。

仔犬がかけ寄ってきました。

しゃがみこむ鮒取のひざに前脚をかけて背のびするように、肉をにぎっている手のにおいをかぎます。

ペロペロと舌をのばして指をなめます。

こそばゆくて、思わず手を開きました。

そこへ、生き物飼育の長《おさ》が通りかかりました。

「う?」

長は足を止めました。

「何じゃ、それは?」

とのぞきこみました。

鮒取はびっくりして立ち上がり、あわてて手をにぎりしめました。

「何だ? 開いて見せよ」

と、にぎりしめたこぶしをにらみます。

「開くのじゃ!」

つめよられて、おずおずと手を開きました。

「うぬ?」

と、肉片をつまみ上げた長は、

「おのれ!」

と、すさまじい形相になりました。

「ぬすみおったかァ！」

鮒取は、いいや、いいやとはげしく首をふるばかり、声が出ません。やっと、

「犬に……　犬に……」

と。しかし、後がつづきません。

「なにィ？　犬？」

長は、まゆをはげしく寄せてにらみつけます。

「犬がどうしたッ？」

「犬に食わせてやりたいと……」

「なんだとォ！」

ますます大声で
「犬に食わせるだとォ！」

かみつかんばかりです。

「犬に食わせてはならん！」

頭の上から大きな雷。

「犬が肉の味を知ってみィ、狩りでえものを見つけても、おのれが食おうとするではないか。肉の味を教えてはならん。そのためにわざわざ米の飯を食わしておるのであろうが」

がなりたてる大声に、仔犬はとっくに逃げていってしまいました。

さわぎを聞きつけて虫足が走ってきました。

「おのれ！　犬に食わせようと肉をぬすんだか。虫足の目をかすめおったか」

虫足も驚いて鮒取を見つめます。

「ぬすみがどれほどの罪か知っていよう。ぬすっ人《と》としてさし出されたいか」

鮒取は、もう声も出ません。

どろぼうだなんて……。

ぬすんだのではない。拾ったのだ。

どろぼうではない。どろぼうではけっしてない。

口がもごもごするだけで声が出ません。

「なんだ！　その目つき！　おのれ、まださからう気か！　こいつゥー」

いきなり長は鮒取のむなぐらをつかむと、力まかせになぐりつけました。

「おっ！　オ・オ・オッ」

虫足が声を上げます。

「ぬすみとはどれほど罪が深いか知るがいいッ」

長のこぶしは止まりません。

耳が、ガァンと大きな音を立てました。

くちびるのはしから生あたたかいものがこぼれだします。

すうと気が遠くなりかけます。

「長様、わたくしが悪うございました」

虫足が泣き声を上げて地面にひれふしました。

「どうぞ、もう、おゆるしください。もう二度とぬすみなどさせません。ぬすみなどするようなやつではございません」

虫足は「もうおゆるしを」「もうおゆるしを」と頭を下げつづけてくれています。

「よし、お前も気をつけろ。二度と、このようなことを起こさせるではない」

やっと長は、こぶしを下ろしました。そして、ぷりぷりと、おさめようもない腹立ちそのままに足音荒く立ち去っていきました。

「お前、いつぬすんだ？」

鮒取を助け起こしながら虫足が聞きました。

「ぬすんだのではない。切り板に残っていたのを拾ったんだ」

口の中が切れたのでしょう。口いっぱいにたまる血を吐き出しながら答えました。流れつづける血にむせそうで、鮒取の言葉は切れ切れです。なかなか虫足は聞き取れないようです。

え？

え？

と、何度も聞き返します。鮒取はいっしょうけんめい、ぬすんだのではないと言いつづけました。

やっと鮒取の言葉を聞き取った虫足は、後は何も言わず、鮒取の後ろにまわって、背中についた土を、ていねいにはらい落としてくれました。

虫足の家で

犬司の仕事をつづけて二年余り、夏を迎えようとするある朝、とつぜん、鮒取は屋敷から去るように言われました。

鮒取ばかりではありません。屋敷で働くほとんどの人達です。

「三位様が筑紫《つくし》（九州・福岡県あたり）の大宰府《だざいふ》（中国や朝鮮などとの外交や防衛のためと、九州地方のとりしまりをするための役所）においでになるということだ。しかも身分を落とされて低いお役目らしい」

天皇をとりまく身分の高い人々の争いにまきこまれたらしいです。争いに負けたこの屋敷の主《あるじ》は、家族をおいて遠国筑紫へ出向かなければならなくなったのです。ゆるされてふたたびこの屋敷にもどってこられるのはいつの日でしょうか。天皇に命じられてこの屋敷での仕事についていた六十人もの人々もみな、引き上げていきました。主のいないこの屋敷に残る家族は、わずかな召し使いとともにひっそりとつつましく暮らすことになるのでしょう。鮒取も多くの召し使いとともに「去れ」と追い出されてしまったのでした。

鮒取は村に帰るしかありません。

後ろから次々と人が出てきます。みな、足早に右に左にと去っていきます。路いっぱいにみなぎっている光までが、今朝はそらぞらしく白っぽく感じられます。うちつづく土塀は、鮒取を寄せつけまいとそそり立っているようです。

(村に帰るには、そうだ、羅城門だ)

いくどかは、手紙や物をとどけたり受け取りに行ったりと、屋敷の外へ出かけることもあって、多少は都の中の様子は分かります。

まずは朱雀大路に出ました。ごくごく遠くに羅城門が見えます。

(あの門さえ出れば……)

はたと、鮒取の足が止まりました。

(それから先が分からない！)

水丸に連れて来られてから三年近く過ぎています。十一歳の時の記憶は切れぎれでしかありません。かわききったのどをうるおしたわき水がしたたっていたがけ、暮れゆく峠道、一夜を明かした小さなお堂、所どころのその場所しか思い出せないのです。それらをたどる道すじが分からないのです。進むこともも、どることもできません。

はじめて都に入った時のように大路がよそよそしくなりました。

塀はとんでもなくいかめしいです。

空がとてつもなく高いです。

行きかう人々のだれもかれもが、別の世の中の人達のようです。

はじき出されてしまった自分。

行き所がない。

居場所がない。

打ち捨てられたごみくずみたい……。

路いっぱいに満ちている光さえが、鮒取におそいかかってくるように思われます。路や土塀の、鮒取を寄せつけまいとするようなはげしい照り返し。

行き所がない。

この広い都のどこにも居場所がない。

いったい、自分はどうすればいいのだ。
自分が、小さな泡《あわ》のようなものに思えてなりません。
心細さ。たよりなさ。
このどうしようもなさ。
鮒取は動けません。ただ、ただ、立ちつくすばかりです。
父さん！
母さん！
くちびるからもれたのは、父母を呼ぶ声でした。にわかに涙が流れ出しました。
村はどこだ？
どう行けばいい？
分からない。

脚の力が抜けました。
立っていられません。
しゃがみこんでしまいました。

「おいッ」

頭の上から声が落ちてきました。

「どうした？」

ああ、この声のどんなに心にしみたことでしょう。

虫足でした。

「腹でも痛むのか？」

虫足もしゃがみこんで顔をのぞきます。

鮒取は、思わず力を入れて、頭を横にふりました。

「脚か？」

かぶりがつづきます。

「具合が悪いのではないのだな？」

鮒取は大きくうなずきました。

虫足はしばらくだまりこんでいた後、

「そうだよなあ、帰り道が分からないよなあ」

と、鮒取の気持ちをさとって言葉をつまらせました。

「そうだよなあ」

と、虫足はくり返し、

「村は近江の山を入った所とか言ってたなあ。村には何日ほどかかる？　道々の食い物もどうにもできないだろうし、一人で帰るのは無理だわなあ」

虫足は、足元のアリを目で追いながらだまりこんでしまいました。

「よし、ひとまず、おれの家へ行こう。親に相談する」

虫足は立ち上がり、一言一言かみしめるように言いました。

鮒取は、思わず虫足を見上げます。

「な、お前を見捨てるなんてできるものか。お前な、もし、帰るに帰れずこの都で宿なしになってみィ。たくさんの宿なしが、あの大門あたりで寝起きしていると聞くが、その仲間になってみろ。都にはぬすっ人も野良犬も多い。犬に食われたとも聞く」

鮒取の心臓は凍りつきました。

「来い」

虫足は、鮒取の手を取り、引き上げました。

「あぁだこうだと考えることもない。お前を見殺しなどできんわい」

自分に言い聞かせるように、虫足は手を引き、歩きはじめました。

鮒取は、どんなに虫足の手のぬくもりがありがたかったことか。


朱雀大路から横大路に入りました。

まっすぐな路を歩きつづけました。

川のほとりに出ました。

「秋篠川《あきしのがわ》」

虫足がつぶやきました。

秋篠川ぞいの路を歩きます。長々とつづいていた土塀も、だんだん短くなり、やがて板塀や竹垣にくぎられた家々がつらなるようになりました。塀の中には、板屋根や草屋根の建物が二棟三棟建ち、畑も作られています。庭の干し場で洗濯物を干す女や走りまわる子ども達を見ながら、鮒取はもくもくと虫足の後につづきます。

深い木立が見えてきました。

木立の上に塔らしいものがつき出ています。

「あれは薬師寺」

「やくしじ?」

「お寺。大きなお寺だそうな。あの見えているのが三重の塔。たくさんの朱ぬりのお堂もあるそうだ」

三重塔も朱ぬりのお堂も見てみたいと思いましたが、近づくと土塀にとり囲まれていて見えるのは大屋根ばかり。

「都には、やたらお寺が多いそうだ」

と、なおも歩きつづけると、やがて家々の向こうに、また長い土塀が見えてきました。

「あれもお寺?」

「いや、あれは西市《にしのいち》」

聞いたことがあります。思わず「市」とつぶやいてしまいました。

「そう、いろいろな物を並べて売っているにぎやかな所。あっちの方には
と、虫足は左手を上げて指さしました。

「東市《ひがしのいち》というのもある」

鮒取は、物を並べて売るというのが分かりません。

「小さかったころ市へ連れていかれたがな、いっぱいの人でわいわいと、物を売ったり買ったりで、うるそうてな」

と虫足は言います。

やっと虫足は横路に入りました。その小路にも竹垣、柴垣の家が二軒、三軒ありましたが、後は板屋根・草屋根の小屋のような家がびっしりと軒を並べています。その家と家との間の路地に入りこんで四軒めで、ここだと、やっと虫足は足を止めました。ガタガタと板戸をあけると、

「入れ」

と、鮒取の手を引きます。

土間に敷かれたむしろ（わらで編んで作った敷物のような物。物をくるんだりおおった

りいろいろに使う）に虫足の母親広野と妹の石野が座りこみ、ざるに広げたキビの実のごみをつまみ出しています。その奥にはまだ幼い妹が寝ています。

入っていった虫足に、広野は、

「おや」

と声を上げ、つづいて鮒取に目を移しました。

「どうした？」

と、けげんな顔をします。

「お屋敷から追い出されてしまった」

と、長々と説明する虫足の話を聞きながら、広野は困り顔でじろじろと鮒取を見ています。

「ともかくも腹がへっていよう」

と、キビを土鍋《どなべ》に入れて立ち上がり、

「まずはひと休みするがいい。父さんが帰ってくるまでな」

と、さっそく土鍋に米もくわえて、大がめにくみ置いてある水で洗いはじめました。

虫足の父親江麻呂《えまろ》は写経所《しゃきょうしょ》で働いていました。

このころ、天皇やその一族・貴族達は、災《わざわ》いを受けないように祈ったり、先祖の霊をなぐさめたりで、寺を建てたりお経を納めたりすることがさかんでした。写経所とはそのお経を書き写し、巻物として仕上げる仕事をする所です。江麻呂はその一つでこまごました下働きの仕事にやとわれていました。

日暮れ近くに帰ってきた江麻呂は、

「親もとへの道づれがみつかるまで、うちにいるよりしかたあるまい」

と、鮒取を見ながら言いました。

「でも……」

と、母親の広野が口ごもります。

江麻呂のもらってくる労賃では、今の暮らしでさえむつかしいのです。一歳と三歳の幼な子をかかえては仕事にもいけません。毎日の食事にさえ、ずいぶんとやりくりして、なんとかしのいでいるのです。虫足が帰ってきてその上鮒取まで……。どうしたら食べていけるのか……。

江麻呂も、広野の困り顔はいやでも分かります。

「もちろん、こいつらにも何らかの仕事をさせる。いくらかでもかせがせなければならん」

と、早くもあれこれ考えをめぐらせているようです。

広野は、さっそくエンジュの花集めの仕事をみつけてきました。

大路にはエンジュの並木が植えられている通りがありました。ちょうど白い花を咲かせはじめていました。

エンジュの若葉はゆでて食べられ、実は血止めの薬になりますが、花は、薬にも布を黄色に染める大切な染料にもなるのでした。花を集めて、このあたりの家々のとりまとめ役に持っていけば銭《ぜに》（お金）がもらえるそうです。

しばらく二人は花集めをつづけました。

やがて、虫足は、父親の写経所で使い走りの仕事で働けることになりました。

江麻呂は、鮒取には、市《いち》での荷物運びの仕事をみつけてきました。

江麻呂につれて行かれたのは、虫足に『西市』だと教えられた長い土塀の中でした。

市の中には、板屋根だけの建物がいくつも並んでいました。通路側には、土間に敷いたむしろや、かんたんな木机の上に商品が並べられています。

青色の上衣のすそをひるがえして急ぎ足で行く役人がいます。緑や赤のもすそ姿の女もいます。よごれた白上着白ずぼんの男も、それこそ肩がふれ合うほどに行き来しています。上半身はだか、はだしの子ども達もはしゃぎかけまわっています。

かごいっぱいの魚をにない棒の前後にぶら下げて売り歩く男、通りでかごに芋を盛り上げて売る女。あちらからもこちらからも客を呼ぶ大声がとびかい、市は大にぎわいでありました。

その中で、江麻呂が、

「寅手《とらて》、こいつだ。よろしく頼む」

と、鮒取を引き渡したのは、小柄な、しかしめっぽう腕の太い男でした。

「フーム、背ばかりが高うて、ちょっとひ弱いが――まあいい、仕事をするうちにたくましゅうなっていこう」

太い眉《まゆ》の下のぎろり目が鮒取をみつめます。

寅手は貴族や寺が市で買いととのえた荷を、運びとどける仕事をしているのでした。

「よし、まずはウリだ」

寅手がさっそく脇に置いてあった車を引きはじめました。

「行け」

と、江麻呂が手をふりました。

実にいろいろな店があります。速足で行く寅手におくれまいと必死でついていきましたが、目はきょろつかずにはおれません。

寅手は、まず野菜を売る店でウリを車にのせました。屋敷からやってきた使いが前もってかごに入れさせておいたウリです。この店のとなりでは鎌《かま》や鍬《くわ》を売っていました。

「次は干しカツオ」

カツオの束を受け取った店の右どなりでは、筆《ふで》・墨《すみ》・すずり。左どなりでは履物（わらや皮で作ったくつのような物、下駄）を売っています。

「さ、今度は壺《つぼ》と皿《さら》」

その両隣では、コイやフナ・シジミと、まき・きのこ・木の実。

ひときわさわぎが大きくなりました。みなが同じ方向に走っています。

「ははぁん、刑《けい》がはじまるな」

寅手が言いました。

「刑?」

「人殺しとか大どろぼうとか、重い刑はな、みせしめのために、この市の中で行われるのよ、見たいか?」

ぬすっ人とまちがえられたあの時のおそろしさが生々しくよみがえります。身ぶるいして頭をふりました。

「うん、よした方がいい。気持ちのいいもんじゃないからのう」

そして、むしろですっぽりと車の荷を包みなおすと、がっちりとなわで車にくりつけました。

「さあ、行くぞ」

と、車のかじ棒をにぎりしめ、

「荷くずれせぬか気をつけて後押しせよ。ゆるみそうならすぐ声をかけるのだぞ」

と、門の外へ向かいました。

まっすぐに東に進み、やがてあの朱雀大路に出ました。はじめて都にはいった時のことが思い出されます。村の様子とは余りにもちがう都大路のありさまに、ただただ驚きとおそれで、無我夢中で水丸《みなまろ》の背を追いかけたものでした。相変わらず、さまざまな人が行き来しています。幼ない男の子が一人、荷車に近づいてきて、何を思ったのかしばらくついてきました。

寅手が行きついたのは宮様（天皇のしんせき）のお邸《やしき》でした。朱雀門近くの横大路を右へまがっていくらか歩いた先にありました。

長々とつづく白壁塀《しらかべべい》を横にまわって、小門から車をひき入れると、大きな白壁の建物がいくつも並んでいるのが目に入りました。板塀にしきられた向こうの庭にも、板屋根や瓦屋根の建物がいくつも見えます。

いちばん手前の、頭の上までせり出している軒下に車を寄せると、寅手は鮒取に手伝わせて手早く荷物を軒下に並べました。

「ここで待て」

と、言い残して奥へ行ってしまいました。

やがて、寅手とともにやってきた青服の男は、鮒取には目もくれず、荷物の中を調べはじめました。そして、持ってきた木札の文字と荷一つ一つとつき合わせると、

「よし、参れ」

と、ふたたび寅手をともなって板塀の向こうに行ってしまいました。

やっともどってきた寅手は、

「さ、帰るぞ」

と車を引き、大路に出ると、

「お前がひいてみよ」

と車を止めました。

おずおずとかじ棒に両手をかけ、力いっぱい引いてみましたが、車は動きません。

「もっとふんばれ。体の重みをかじ棒にかけてみよ」

との声に、

「ウーン」

と、思いっきりの力をかじ棒にかけてひいてみると、車はゴロリところがりはじめ、動きはじめるとガラガラと音を立ててはずみがつきます。帰りは、来た時より近いように思いました。


寅手は市にもどると休む間もなく、手早く次の買い物の荷をととのえ、今度は近くの寺へ運びました。

帰りは日射しが赤みをおび、照り返しもやわらいでいます。

「もう陽も沈もう。日暮れとともに市の門が閉められる」

寅手が言いました。翌日正午に、鐘の音三つを合図に門が開けられるそうです。

「明日も遅れぬように来るのじゃぞ」

羅城門《らじょうもん》近くまでもどってくると、

「よし、お前はここをまっすぐ行け」

と横路をさし、

「まっすぐ行けば、家への帰り路が分かろう。ほれ、お前の今日の労賃だ」

と、穴明きの丸銭を渡してくれました。

虫足の母親広野の喜ぶ顔が見えるようです。

寅手は車を引いて、羅城門に向かっていきました。寅手の家は、平城京の西の外れにあるそうです。

見つけられた鮒取

　となりの家にどろぼうが入りました。

　となりの主《あるじ》、日島《ひじま》は虫足の父親江麻呂のいとこです。江麻呂が働いている写経所の経《きょう》生《せい》です。

　経生とは、お経を書き写す仕事をする役人です。朝早く出ていったり時にはとまりこんだりして仕事をしています。掃除をしたりたきぎを運んだりの雑用をしている江麻呂とは賃金も大きくちがいます。仕事着を与えられ、食事にも差があります。住まいとする土地も与えられます。

　日島の土地には、二棟の板屋根の建物があります。建物のまわりには畑も作られ、いろいろな野菜が植えられていました。物干し場には井戸もあります。主の日島親子四人と、日島の母親、妹、その幼子の三人が日島のかせぎで暮らしています。

年老いた母親が、

「どろぼうに入られたてか？」

と、大声で別棟からやってきて、

「何をぬすまれた？」

「なんと、長櫃《ながびつ》（衣類など大事な物をしまっておく直方体の大きな箱。ふたが上に開き、木製の物が多い）の中の物、すべてだと！」

と、さわぐ声が聞こえてきました。

たまたま家にいた江麻呂がのぞきに行くと、

「見よ、櫃が空っぽじゃ。冬の下着までとられたわい」

写経所での儀式用の晴れ着もとられ、下着もすべて。櫛《くし》や机の上の硯《すずり》や筆《ふで》・墨《すみ》までもとられたと、日島は腰の力もなくしたような様子です。子ども達もその母親も、かたまっておしだまり、目ばかりをぎろぎろと江麻呂に向けています。

江麻呂は、さすが経生の家、雑用係の自分の家とは持ち物がちがうわいと思いつつ、

「硯や筆？」

と聞きました。

「そうよ、息子の手習い用よ」

この家の息子は十歳になります。父親と同じ経生になるためには読み書きができなくてはなりません。写経所にかぎらず役人になるためにはどうしても身につけなければならないのです。

「とにもかくにもぬすまれた物をとどけ出なければなるまい」

日島は、櫃の中をみれんがましくのぞきました。


帰ってきた江麻呂は、もの問いたげな家族に手短に話して聞かせた後、腕を組んで考えこんでしまいました。

やがて顔を上げると、母親の広野に、

「少しばかり銭《ぜに》がいる」

と言いました。

「銭?」

とっぴょうしもない声を上げて広野は江麻呂を見ます。

「虫足に文字を習わせる」

「えッ」

と、声を上げたのは虫足。

「文字を習わせる？」

と、わけが分からないといった声を上げたのは広野。

「ああ」

と江麻呂は一息ついて、

「読み書きができれば、どんなきっかけがつかめるかも知れないぞ。やらせてみよう」

と、一言一言、考え考え、ゆっくり言います。

父親は、虫足も自分と同じように写経所の雑用係を仕事にすればいいと考えていました。そこで、文字が書けると分かればどんな道が開けるかも分からないと考えたのです。となりの日島に、向こうの息子とともに虫足にも字を教えてくれるよう頼んでみようと思ったのでした。

広野は困りました。毎日、家族五人と斛取に食べさせるのに一苦労《ひとくろう》も二苦労《ふたくろう》もしているのです。この上、どこにそんな銭があるのかと、けわしい心になりました。しかし、だんだん日島に頼みこめば、ひょっとしたら経生はとても無理でも雑用ばかりではない、もう少しましな仕事につけるよう、力をかしてくれるかも分からないと思いはじめました。そうすれば、少しは暮らしも楽になる……。

聞き耳を立てていた鮒取は、自分とこの家の子虫足とのちがいを感じずにはいられません。取り残される自分……。

どっとふるさとの家や父母のことがよみがえってきます。帰るてだてもないつらさが胸をわしづかみにします。

しかし、よしんば帰ったとしても、貧しい暮らしに変わりはありません。朝暗いうちから夕方暗くなるまで、税としてさし出すさまざまな品物を期限までにととのえなければならないと、もの言う間もおしいとばかりに働きつづけていた両親の姿が目に浮かびます。自分はこの都で、車で荷運びをつづけるしかないのかと、急に自分が小さくなったように思いました。

心底、虫足がうらやましいです。

大人への道すじに希望が持てる。少なくとも文字を書くという新しいことに挑戦できるのです。

それを、父母が後押ししてくれる。虫足は目当てを持ってはげめばいい。

自分はどうなっていくのだろう。

車引きの仕事をつづけて、寅手のようになるとしても、この家にいつまでもいるわけにはいくまい。それでなくても、もうずいぶん長らくやっかいになっている……。

この大きな都で、自分はまったくの一人きり。

鮒取の目に涙がにじんできました。

あわてて音を立てないように外へ出ました。軒はしから見上げる暗くなっていく空に、大きな鳥の影がゆったりと路地を横切っていきました。

なにくそ、負けるものか。

鮒取は、奥歯をかみしめ、自分のつらさとたたかいつづけました。

四、五日たって鮒取が仕事からもどると、壁ぎわに木箱が横だおしに置いてありました。箱には筆と墨がありました。市《いち》で売っていた品です。小刀と細長い板も置いてあります。三位様《さんみさま》のお屋敷でよく使われていた木片が思い出されます。黒々と文字が書きつらねてありました。それを見るだけで、つつみこまれた品物が何であるのか、どれほどの数量があるのか、どこから運びこまれたのか、どこでだれが使うのか、みんな分かるようでした。

ああ、虫足はああいう物が使いこなせるようになるのだと、鮒取は、ますます虫足とのへだたりを感じるのでした。

ましてや、夜、虫足がほの暗いあかりのそばに木箱をふせて机代わりとして、小皿で墨をすりはじめるといたたまれない気持ちになります。ずりずりともの静かな音とともに墨のにおいが立ちこめてきます。板を片手に、手本を見ながら、ゆっくりゆっくり筆を運ぶ虫足には、うらやましいを通りこしてにくいとさえ思いはじめ、あわてて目をそらしました。

板をけずる音に目を向けると、虫足はまっ黒になるまで練習しつづけた板の表面を小刀でけずりとっていました。上の妹がおもしろがってそばへ寄ろうとするのを広野が手を引いて寝かしつけようとしていきます。新しい木肌があらわれると、虫足はまた練習をはじめました。鮒取もまた目をそらします。

その日の夕暮れにも虫足は、うすれいく明るさを追いかけるように文字の練習をしていました。

「おい」

と、目をそらしている鮒取に呼びかけます。思わず顔を向けると、

「書いてみるか?」

と、筆をさしむけます。

鮒取はとんでもないと首をふりました。

「やってみろよ。筆がどんなものかためしてみろよ」

と、さらに筆をつきつけます。

「いや、いやいや」

と、手をふってこばみつづける鮒取に、虫足は近づいてきて筆を持たせ、

「来いよ」

と、木箱の前におしました。鮒取も筆で書くとはどんなものなのかやってみたい気がないでもありません。虫足が手渡してくれた木片にこわごわ筆をおろすと、ぶるぶると手をふるわせながらすーっと引いてみました。小板の上には黒々と棒線が書けました。

江麻呂が帰ってきました。

二人の姿に足音荒く近づくと、

「何をしとるッ!」

と、鮒取の手から筆をむしりとり、

「まじめにやらんかッ！」

と、虫足を足げにしました。

ちょうど、幼子の一人を抱き、一人の手を引いて帰ってきた広野は、そんなさわぎにちろりと目を走らせただけで、さっそく夕食のこしらえにかかりました。

むしろの上に、黒飯と芋の煮《に》っころがしと小皿に盛った塩の夕食が並べられました。虫足は、さっそく芋に箸《はし》をのばしていましたが、鮒取は席にもつけません。

江麻呂の怒りの激しさにすくんでしまっているのです。しかもその怒りは虫足にだけ向けられていました。虫足にだけ……。筆を持っていたのは自分なのに……。それほど江麻呂は、虫足の手習いに力を入れているのだ。自分はよそ者……虫足とのちがいをつきつけられた思いです。

「おい」

江麻呂がいつものおだやかな顔を鮒取に向けました。

「早く来て食わんか」

「ハイ」

と返事をしながら、鮒取は、心の中で自分は自分でやっていくほかない。自分の力だけが頼りなんだと、かみしめるような思いで席についたのでした。

ある日、このあたりの家々のとりまとめ役がやってきました。

戸籍調べです。

六年ごとに新しく戸籍が作りなおされます。

家々の家族の名前や年齢などを正確に戸籍にのせるためです。この戸籍の年齢をもとにそれぞれ男女の別や年齢によって口分田の割り当てが決められます。また、そのほかの布や産物、力仕事や兵役などいろいろな税を出させるもとにもなります。毎年、各家では家の主が家族の名簿《めいぼ》をさし出さなければなりませんでした。この名簿をもとに六年ごとに戸籍としてまとめ、朝廷にさし出すきまりでした。

江麻呂はこの名簿をさし出すのがおくれていたのです。今年は六年めに当たるので、しびれをきらしたとりまとめ役がやってきたのでした。

鮒取が車引きの仕事からつかれ顔で帰ってきた時、とりまとめ役は昨年の名簿を広げて、

「変わりはないか」

と聞いているところでした。入っていった鮒取を見て、

「これが虫足か？」

と、しげしげと見つめます。

「うーん十八歳。いや、今年は十九歳だな。もうりっぱに大人に見える」

鮒取はあわてて頭をふりました。

「う？　十九歳ではないと？」

「いや、虫足ではない」

鮒取はぼそりと言いました。

「何ィ？」

とりまとめ役の声が大きくなりました。

「何と言った？」

「虫足とはちがう」

「どういうことだ？」

とりまとめ役の足元にかしこまっている広野を見下ろします。

「え？　どういうことだ？」

と、きびしい目を鮒取に向けます。

「お前の名は？」

「鮒取」

「フナトリだと！」

きびしい顔を広野に向け、

「わけを話せッ」

と、怒り声をあびせます。

江麻呂はまだ帰ってきません。どうしていいか分からない広野は、今までのいきさつを話すしかありませんでした。

「おのれェ！　江麻呂め、たばかりつづけおったか！　この者をかくしつづけおった。ゆるされぬわッ」

広野は、ただもう、小さくかしこまるばかり。幼子達がおびえて母親にしがみつきます。鮒取はどういうことなのかさっぱり分かりません。ただ自分のことで、虫足のお母さんが困りはてていることは分かります。おずおずと広野の横に座り、とりまとめ役の足元にかしこまって頭を下げているだけでした。とりまとめ役は考えこんでしまっています。怒《いか》りのためのはげしい息づかいだけが頭の上から降ってきます。時間のなんと長いこと。

「まあ、いい」

と、やっと組んでいた腕を下ろし、

「浮浪人《ふろうにん》としてあつかおう」

と、しきりにうなずきながら声をやわらげました。

「お前、年はいくつだ？」

「十七歳」

「ふーむ、十七歳とな……」

鮒取は車引きの仕事をもう四年つづけています。今では寅手に代わって、鮒取が車引きも荷の上げ下ろしも主にやります。体つきもたくましく顔つきも大人びてきました。

「十七歳とは思えぬなあ。二十歳に見えなくもない。大人としてあつかうことにするか
……」

と、やっときげんをなおして帰っていきました。

この時代、人々は、戸籍にのせられた土地、すなわち、生まれ故郷を自分かってに離れることはゆるされませんでした。もし離れて暮らしているのを見つけられると、戸籍の場

所に連れもどされる決まりになっていました。が、あまりにも逃げ出す人々が多くて、このころになると逃げた場所で浮浪人として名簿にのせられるようになっていました。そして、その新しい名簿で税を背負わされました。

しばらく後、鮒取は、とりまとめ役の命令で、朝廷の力仕事にさし出されました。朝廷は、宮殿の建てかえ、寺院の建造、道作りと、人手をいくら集めても不足していました。全国から、何のかんのと人々をかき集めて働かせていました。平城京でも浮浪人ともなれば、たちまち力仕事にかり出されました。

「お前くらい体が大きければ、もう一人前としてりっぱに通る」

人集めの命令を受けていたとりまとめ役は、これで一人はなんとかさし出すことができると考えたのです。

ほんとうは二十一歳からが一人前の大人という決まりになっていました。

これほど体が大きければ、なに十七歳とは分かるまいと、とりまとめ役はむちゃな考えをしたのでした。

鮒取は虫足の家から連れ出され、都の外れにある三笠山のふもとに新しく建つ寺の工事場で働くことになりました。

なんでも、とんでもなく大きなお堂に、とんでもなく大きな仏像をまつるそうです。ですから広い広い土地がいります。

見わたすゆるやかな山すそは、木を切りはらい、土をけずりとり、赤土がむきだしになっています。まきちらしたゴマつぶのようにたくさんの人々が土にとりついて働いています。鮒取もその中の一人にくわえられました。

鮒取はもっこに入れた土運びです。

江麻呂と同じ年格好《かっこう》の男と二人で運びます。鮒取は、にない棒の前はしをかつぎ、男は後ろで運びます。

工事場には実に多くの人々が、土とわらをこね合わせたり、土盛りをたたき棒でたたきかためたり、石を積み上げたり木材をけずったり、いろいろな仕事に動きまわっています。鮒取は、来る日も来る日も土運びでした。たちまち鮒取の肩は赤くはれ上がりました。にない棒が当たると肉が破れるかと思うほどの痛さです。

そまつな板小屋に寝泊まりさせられて、動くことすらままならないほどの大勢の男達と並び寝して、朝早くから夕方とっぷり暗くなるまで働きつづけました。ま横に寝ている相棒の男に、名を聞かれ、生まれ故郷を聞かれ、ここへ来るまでのことを聞かれましたが、つかれは、瞬時に鮒取を深い眠りに連れこもうとして、言葉をかわすのもつらいものでした。幾夜かの話の切れ切れに、男の名は安根《やすね》ということ、但馬国《たじまのくに》（兵庫県の日本海側）の山奥から連れ出されていることを知りました。

それにしても、大声でたたき起こされる朝のつらいこと。目をさますやいなや、また、あのきつい一日がはじまるのかとやりきれない思いがのしかかってきます。歯をくいしばって体を起こすその重さ。外はまだうす明かりです。

その日も、

「そこの若いのッ」

と、見はり役人にしかり声をあびせられました。もたつく足どりを気づかれてしまったらしいのです。

「もっと腰に力を入れてみよ」

安根が後ろからささやきかけました。

うめき声がくちびるのはしからもれるほどに力を入れてふみしめると小石をふみつけました。痛さにとび上がってしまいました。

よろけたとたん、もっこの山盛りの土がザザッとこぼれました。役人がとんでくるかと思わず首をすくめました。安根も、さっときんちょうして役人の姿を目でさがしているようです。さいわいのことに、遠ざかりつつある役人には気づかれずにすみました。

「ちょっと下ろせ」

安根は、にない棒を肩からはずしました。

そして、にない棒を鮒取の方へつき出してくれました。すなわち、もっこは安根の方へ近づき、鮒取の方からは離れたのです。

「さ、行くぞ」

とかつぎ上げると、先ほどよりはずいぶん軽いです。その分、安根は重くなっているはずです。

鮒取の目には、この時の安根の顔がいつまでも残ります。日やけとほこりでどす黒く、ほおはこけて目ばかりがぎろぎろしていました。安根だって重いだろうし、痛いだろうし……また石をふみました。長年はだしで歩きまわっている足の裏です。かたくこわばっているはずです。このわずかな小石にも頭の先までとがった痛みがつっぱしるとは……。

脚が止まりそうです。

しかし、いったん止めると、もう二度とは歩み出せない……鮒取の目のはしが、痛みをこらえる涙で熱くなってきました。

逃亡

なにかがしきりに肩をゆすっています。

鮒取は、深いあなから引きずり上げられるように目ざめていきました。

汗くさいにおい、さかんな歯ぎしり、いびき、ねごと、そしてこの暗闇。暗闇の中で小さな声が耳もとでささやきかけています。

「起きろ」

「起きろ。そっと起きろ」

「小便に行くぞ」

鮒取はおしっこなんかしたくないのにと、だんだん目がさめていきました。

「起きるんだ。そっとだ」

それは、となりで寝ていた安根でした。安根は音も立てずに立ち上がりました。

「早くッ」

小さいながらはげしい声の勢いに、鮒取もつられて思わず立ち上がってしまいました。来いッと安根は手を引き、人々の間を一足一足用心深く歩きはじめました。鮒取も暗闇の中を足さぐりするほどの用心で安根についていきました。

やっと外へ出たとたん、空いっぱいの星の光に、目玉が広がったかと思いました。

安根は小屋の裏手にまわり、草むらに向かって小用をたしました。

「お前もやっとけ」

鮒取も安根といっしょに並びました。

安根はしきりにあたりの様子をうかがっています。

静かです。草葉の上にたまった星明かりが地面に流れ落ちる音が聞こえるかと思うほど静かです。

安根は、右をうかがい左をうかがい、気を張りつめ体をこわばらせています。

やがて安根は、鮒取の耳もとに顔を寄せて、

「逃げよう」

とささやきました。

「えッ？」
声にもならない驚きを見せる鮒取の腕を力いっぱいひっぱり、
「来いッ」
と、いやもおうもなく走りはじめました。
しげみぞいに並ぶ板小屋の裏をかけ抜け、川ぞいに並ぶ道具小屋の間をすり抜けると川辺に出ました。
この川は、工事場に掘られた掘割《ほりわり》（地面を掘って作った水路）につづく川です。遠くの国々から運ばれてくる材木や石、鉄や金、銅などを工事場の近くまで運びこむ川です。岸辺を、安根は、鮒取が追いかけられないほどの速さで走ります。鮒取もおくれてはいられません。星明かりに、安根のねずみ色ともうす茶色ともつかない汚れきった上着の背が、かろうじて見分けられます。足元などに目を向けることすらできません。
砂地であったり、
小石ごろごろであったり、
草むらであったり、
ぬるぬると水びたしであったり。

のびきっている小枝がはげしく顔を打ちます。

クモの巣が、顔いっぱいにへばりつきます。

草にうもれていた小石を思いっきりふみつけました。しかし、痛いとなんて思ってもいられません。ここで安根を見うしなったりしたら大変です。息をする間もおしいほど夢中で走りつづけました。

安根は、川すじを離れた山すそのがけの下でやっと止まりました。

「ここまで来れば、もう、そうあわてることもあるまい、まあ座れ」

と腰を下ろしました。おずおずと横に座った鮒取に、

「な、あんな所で今しばらくも働かされつづけてみよ。命が二つあっても三つあっても足りぬわい」

小石を拾って力まかせに投げつけました。

「お前は近江（滋賀県）の生まれとか言っていたな。そこには父母もいようが」

ハイと口の中で答えた鮒取は、まだおびえが消えません。

「年も十七とな。国に帰ればすぐに中男《ちゅうなん》（十七歳から二十一歳になるまで、成人する前の段階としての税を負担しなければならなかった）としての税を負わねばなるまいが、な

に、あんな所で大人なみに働かされて命をちぢめるよりはよっぽどよいであろうが」

と、しげしげと鮒取の姿に目をこらします。

鮒取も帰りたいと胸がやけつくように思いました。黒々とせまっているこの山かげをまわりこめば故郷のような気がしました。

「近江か……とすると、二日はかかるな」

安根の言葉に、故郷はこの山かげなどとはとんでもない。いったいどの方向にあるのかさえ分からないのだと、脳天をはげしくなぐりつけられました。十一歳の時、水丸に連れられて都に出てきた時は、歩いて歩いて、朝から夕まで歩いて、その翌日もまた歩いての記憶しかありません。

「分からない」

思わずもらした鮒取のつぶやきに、

「なにィ」

と、安根の声が変わりました。

「お前、逃げずにあそこにいつづけたかったと言うのか」

するどく、とがった声です。

「来る日も来る日も、あのように働かされてか。いつまでつづくか分からないのだぞ。よしんば土運びは終わったとしてもだ、お前、なんでも山のような大仏を作るそうじゃないか。想像もできぬような大きなな。そのためには、あといつまでどんな仕事をさせつづけられるか、かいもく分からないのだ。それでもお前はあそこにいた方がよいと言うのかッ」

鮒取はあわてて頭をふりました。

「残りたければ帰るがよい。きつい罰《ばつ》を受けようが命までは取られまい」

「ちがう！」

鮒取はさけんでしまいました。

「あそこはいやだ！」

まだ言いつのろうとしていた安根は、鮒取のこのさけびに息をのみ、

「そうじゃろうて」

と、大きな息をはきました。

「そう思えばこそ、ここまでお前を連れて逃げたのじゃ。わし一人の方がどれほど逃げやすかったか」

鮒取は、うんうんと大きくうなずきました。

「故郷へ帰れ。父母のもとにな。それがいちばん」

鮒取は「うん」と大きくうなずき、

「分からない。道が分からない」

と、声がのどにからみつきます。

「おお！　そういうことであったのか」

安根は苦笑いをもらし、

「案ずるな。淡海《おおみ》の湖《うみ》（琵琶湖のこと）のほとりまでともにまいろう。後は道行く人に聞き聞き帰るがよい」

たしか都に連れてこられた時も、大きな湖のほとりをずいぶん歩きつづけました。しかし、その湖のほとりに出るまでに一日かかったでしょうか。道行く人もない山路を歩き、峠《とうげ》をいくつも越えたのでした。ごくまれに出会う人にさえ、鮒取はおそろしいと思うほど気を張りつめていたのでした。思い出して、鮒取は言葉を出せずにいました。

「たとえ道をまちがえたとしても、たずねたずね行けばたどりつくというものだ」

しかし、工事場では何人もの男達が、口々に、国から連れ出されて来る途中、飢《う》えに苦しむ人を見た話、雨ざらしになっている白い骨の話など、さまざまに話し合っていました。

このきつい仕事からときはなたれて故郷にもどる日が来るとしても、はたして無事に帰りつくことができるかと、みなが心配していました。鮒取は、草むらに打ち捨てられた病人のまわりを野犬がうろついていたという話には身ぶるいしました。それに、山野にはオオカミも多いはず。

「いやだ！」

と、どなってしまいました。

「いやとな？」

「いっしょに連れていってください」

「何ィ？」

「お国まで連れていってください」

「それは……」

安根は声をつまらせます。

我が身のおぼつかなさに、鮒取は目が熱くなってきました。涙が出ると思った瞬間《しゅんかん》、ウ、ウと泣き声がもれてしまいました。

「泣くな」

安根が重く言いました。

「いい若者が……　これしきのことで泣くことがあるか……」

何がこれしきのことでしょうか。この広い天地《あめつち》に我が身ひとつの置き所がないのです。

かたくむすんだくちびるのはしから、しのび泣きの声がもれます。長い沈黙《ちんもく》がつづきます。

「困ったものだ……」

しのび泣きの声ばかり。遠くの川の水音が風にのって聞こえてきます。ひとしきり、木々の葉が風にざわつきました。

「しかたがないか……」

安根は後の言葉をのみこんで、また、長い沈黙がつづきました。

安根が思いきったというように腰を上げました。

「行くぞ」

鮒取は、はじかれたように立ち上がりました。

夜がしらみはじめています。

この日の夕方、安根は、田畑の間をまっすぐにのびる大道をそれて、村へと向かう小道に足を向けました。

大道は、朝廷が地方の国々との行き来のために作った道です。まっすぐにのびる道幅の広い大道を、税を都に運ぶ一団が、馬に乗った役人につきそわれて通ります。天皇の命令を国々に伝える役人が馬を走らせます。この土地の役人が見まわりのために通り、村々の人達もそれぞれの用事で急ぎます。安根が国から都へかり出された時に、大勢といっしょに通った道でもあります。安根がとてもきんちょうしながら歩いているのが鮒取にも分かります。人と行きちがう時など、安根の肩は目に見えてこわばっていました。村への道に入って、ほっと息を抜いたみたいでした。

フィ――と向こうで聞こえました。

「寝場所をさがさねば」

村を通り過ぎて山すそに近づきながら安根が言いました。山すその木立の間に、かけ抜けるシカの姿が見えました。

フィ――。

シカの鳴き声です。

「シカが多そうだな。こういう所にはオオカミはおらぬものよ」

鮒取は幼かったころの、オオカミの遠吠《とおぼ》えにおびえた夜のことが思い出されました。

「ほれ、またオオカミがえものを見つけたと仲間に合図しとるわい」

と、父さんがつぶやいたものでした。

「この山すそで寝るとしようか。落ち葉はあたたかい。今夜は落ち葉のふきだまりで寝るのだ」

そして、大きな岩かげを見つけ、

「ここで待っていよ」

と、木立の中を登っていった安根は、やがていくつかの紫色にうれたアケビを手にもどってきました。

「食え」

と渡されたアケビは、ぶあつい皮がはじけて白い実がのぞいています。

「種は食うなよ。糞《ふん》づまりになる」

とろりと甘くておいしいです。しかし、つぶつぶと黒い種が多くて、すききったおなかにはあまりにも少なすぎました。それでも、ヤマブドウやサルナシがあるかもしれないと鮒取にふるさとの野山を思い出させてくれました。

そうだ、さがして来よう。

何かをみつけてきて安根を喜ばせよう。

「どこへ行く」と驚く安根にかまわず、鮒取は、暮れていく薄明かりの山中を目をこらしてさがしまわりました。

一本の棒切れがつきささっているのに気がつきました。山イモの目印です。

「山イモのつるは秋には葉を落として枯れてしまうでな、葉のある間にこうして目印をたてておくのよ」

と、父さんが教えてくれたのを思い出しました。

鮒取は棒を引き抜き、早速掘りはじめました。

地中深く根を下ろしている山イモは、そうやすやすとは掘れません。ますます暗くなっていく中で、イモのまわりを一心に掘り下げていきました。

あまりにも遅い鮒取を案じて、安根がさがしにやってきました。

「おお、それは腹のたしになる。ま、それでよかろう。そこで折り取れ」

と、安根に言われてイモを折り、岩かげにもどって枯れ葉で土をしごき落として食べました。

それでも、まだ、ひもじさは腹の底からつき上げてきます。

「そうだな。明日は、食い物がもらえるような何かの仕事をさせてくれる家を見つけたいものだ」

これはなかなかむつかしいことです。あやしまれて役人に引き渡されたらおしまいです。だいいち、食べ物を分け与えることができるような家はめったにありません。どこの土地でも、人々は自分達が食べていくのに苦労しているのです。運よく人手がほしくてたまらないでいる寺にでも行き当たればいいのですが。明日もまた、ひもじい思いで歩きつづけなければならないのかと、鮒取は重い気持ちで、木々の間に満ちはじめている夜の闇に目を向けました。

「落ち葉を背にかけよ」

さっそく横になった安根の背にこんもりと落ち葉を盛り上げ、自分も盛り上げた落ち葉にもぐるように横になりました。

木々のこずえの先から冷たさが下りてきます。

深い眠りの中で、鮒取は、はげしく体をゆすられました。何度も、何度も。

びっくりしてはね起きました。

「しッ！」

安根の、押さえた、しかしきびしい声がします。

「オオカミらしい」

鮒取は背すじに寒気《さむけ》が走りはげしい身ぶるいがでました。

故郷では山中でオオカミの食い残しのシカを見ました。食いちぎられ、白い骨がむきだしになっていました。そのむざんさに、思わず父さんの後ろにしがみついたのでした。

「一匹オオカミであろう」

安根は声をひそませます。

ふつうは幾頭かで群れを作っていますが、時に、新しく自分の群れを作ろうと一頭だけでうろつくオオカミがいるのです。

「わしらに気づきおった。行くぞ」

安根は音を立てないように立ち上がると「そうっと」「そうっと」と鮒取にささやきながら林の外へと急ぎます。鮒取も息をつまらせるほどのきんちょうでつづきます。安根に少しでも遅れたら、いきなりとびかかられそうです。遠くに川音が聞こえますが、落ち葉をふむ自分の足音さえ耳にひびきます。しかも、すぐ後ろからは足音一つ立てずに、オオカミがついてきているような気がして、息を吸うのもこわいです。暗闇の中、安根のかすかな足音とぼんやり見える背中に必死でつづきます。息だけがどんどん大きくなり、心臓の音がオオカミに聞きつけられるのではないかと思うほどです。

オオカミがすぐ後ろにいるような、
身を伏せてねらいを定めているような、
今にもとびかかられそう――――。

息はいよいよ速く荒くなってきます。

「やつはどこまでもついてくるぞ。わしらが動けなくなるまでついてくる。つかれはてるのを待っているのよ。早く山を下りるのだ。村の中へかけこむのじゃ」

安根も息がはずんでいます。いきなりかけ出しました。鮒取も死にものぐるいです。走っても走っても、ま後ろにオオカミがついてきているような気がします。

とつぜん、安根の姿が消えました。

ギョッと立ち止まった鮒取の耳に、下の方からムム——となり声。

安根の、

「がけだぞ。気をつけろ」

と、うめきながらの声が聞こえてきました。

鮒取は、とっさに腹ばいになり助け上げようと手をのばしました。がけは、ぬめぬめとしめっています。

(これではすべって上れない。自分がすべり下りた方が)と考えたとたん、オオカミの鼻息が背中にかかったような気がして、たまらず、すべり下りました。

ズキンッと、たたきつけられた衝撃《しょうげき》が尻から頭の先まで走り、支えようとした両腕がガキンと折れたかと思いました。

背中を起こそうとしましたが起こせません。

もごもごと安根も何とか体を起こそうとしています。鮒取を助けようとしているのでしょうか。（それはいかん）と、鮒取は歯を食いしばり痛みをこらえて立ち上がりました。やっとの思いで安根に近づくと、両腕をかかえて、自分もふらつきながら立ち上がらせました。安根も、かたわらの立ち木の幹につかまりふんばります。

「逃げるのだ」

安根はあえぐように言って、よろよろと歩みはじめます。鮒取も、安根の腕をかかえ助け、一足一足痛みにうめきながら進みます。立ち木の間を心ばかりがあせります。

しかし、少しずつは痛みも堪えやすくなり、足どりもたしかなものになりはじめていきました。

林はすとんと切れました。

山はしの急斜面をころがり落ちると畑でした。畑をふみこえ、野道にかけ上がり、走って走って木立に囲まれた家の集まりにかけこみました。

高床の建物がありました。

二人は床下へもぐりこみました。

二人同時に大きな息をはきました。

「ムーウ」安根はうめきながら体を横たえ、

「やっと助かった」

と、脚をのばします。

鮒取はひざをかかえたまま、体のふるえが止まりません。食いしばる歯がカチカチと鳴るほどのふるえです。

「明るくなる前にここを抜け出さねばならぬ。早く寝よ」

安根が鮒取の顔を見上げます。

やがて、安根はいびきをかきはじめました。

鮒取もいつのまにか眠りこんでしまったようです。


二人は、朝早く村人に見つかってしまいました。

ようやく物の形が見分けられるほどの明け方に、畑の大根をひき抜きに来た女に見つかってしまったのでした。

女の知らせに走り出てきた男が大声でさわぎたて、二人は逃げ出す間もなく村人達に取り押さえられたのです。

「何者だ?」

とたずねられても、

「どこから来た?」

「どこへ行く?」

とたずねられても、都の工事場から逃げ出してきたとは言えません。安根は、なんとか言いつくろえないかと言葉をさがすのですが、かえって村人達は不審《ふしん》がり、一人が役人を呼びに走って行きました。

こうして、二人は、オオカミからは逃げることができたのですが、役人につかまってしまったのでした。

役人は、二人を郡家《ぐうけ》(このあたり一帯の村々のとりしまりや税のとりたてをしている役所。その地方の有力者=豪族が郡司《ぐんじ》という長になる)に連れていきました。高い土塀に囲まれた広場の奥に、大きな板屋根の建物が建ち、両わきには板屋根の長い建物が向かいあっています。

郡家の役人に問いつめられ、安根は都から逃げてきたことを白状《はくじょう》しました。

役人は、さっそく二人を連れて国府《こくふ》（この地方一国のすべての郡家をとりしまる役所。天皇に命じられた国司《こくし》が都からはけんされてとりしまり、天皇の命令を実行させたり、都への報告をしたりする）に出向き、二人を国府の役人に引き渡しました。

こうして、二人は、ふたたび都へ送り返されたのでした。

大仏

「二人は離せ」

安根と鮒取はふたたび都の工事場に連れもどされ、むち打ちの刑を受けた後に、それぞれ新しい仕事が割り当てられることになりました。

鮒取に新しい仕事を割り当てる役人は、

「若いのう。体も大きい。力があろうて。さてと、どこで使うか、な」

と、じろじろと見上げ、見下ろします。

「ま、とにかく……」

ついてこいと歩きはじめましたが、ちょうどその時、一人の男が、ぐったりとのびきってしまっている男を背負っていくのが見えました。

「どうした？」

役人がよびかけました。

「気を失ってしまいました」

背負い男がくぐもった声で答えます。毎日のはげしい力仕事に倒れてしまったみたいです。

「しようのないやつめ」

と、舌打《した》ちして行きかけましたが、

「オッ　そうだ！」

と、足を止め
「そいつは何の仕事をしておった？」

と、ふり返りました。

「舟引きです」

「そうか、それではこいつを後に入れるか」

とうなずきました。

連れていかれたのは工事場に掘られた小さな掘割です。安根と二人で逃げ出した時にたどった川につづいている掘割です。

鮒取が命じられたのは、人の背丈《せたけ》の三倍はあろうかという大きな木をくりつけた舟の綱《つな》引きでした。左岸右岸の四人ずつが、舟にとりつけられた太い綱一本一本を肩にかけて引くものでした。左岸の二人めが欠けていました。

鮒取は、むち打ちにぶたれた背中の痛みに歯をくいしばりながら、見よう見まねで綱を肩にかけました。

「むごいことよ」

後ろの男が傷を見てつぶやきました。

「綱をもっと深く肩にかけよ」

と教えてくれました。

「綱をしっかりにぎって全身の力で引くのだ」

むちの先にしたたかに打たれつづけた痛みの上にのせた太綱です。

「いいか。傷がいえるまでの間は、ほどほどに自分でかげんせい。無理をしなくてもいいぞ」

それでも痛いです。

とんでもなく痛いです。

重いです。
とんでもなく重いです。
綱は太くて手に余るほどです。
綱はようしゃなく傷あとをこすります。
前のめりに倒れそうになります。
てのひらは早くも赤くはれました。
オッサー
前の男がかけ声を上げます。
オッサー
両岸の男達が声をそろえます。
鮒取は、声を出すなどできるものですか。
ウーンと、うめき声がくちびるからもれるばかり。
つらさに気が遠のくようにさえ思いました。

日暮れもかなり進んだころ、やっとこの日の仕事は終わりました。

連れていかれたのは、板作りの食事小屋でした。一人一人の折敷《おしき》（うす板で作ったかんたんな盆《ぼん》）に黒飯と青菜の浮いた塩汁、小皿に入った塩の夕食をもらいました。

うれしかったです。体中の痛みにうめき声がこらえきれないでいるのに、オオと声を上げるほどうれしかったです。一日働けば、こうして食事が与えられる。心の底からの安心をおぼえました。かみしめる飯のうまさがたまりません。どんなにつらかろうとも、がまんしなくてはと心に決めました。

そのとたん、昼間見た、背負われた男のことが思い出されました。どうなったのでしょう。無事なのでしょうか。ひとごとでない。自分だってああなるかもと思うと、さっきまでの一口一口のうまみが、いっぺんにぱさつきに変わってしまいました。

やたら重くなっていく心に、どんなになろうとも、食べるためには働きつづけるしかあるまいと、我が心に言い聞かせ、箸の先に塩をつけてなめ、飯をもごもごとかみつづけると、また、じわっとうまみが舌にのってきました。

「お前はどこから来た？」

ま横に座っている男です。いろいろと教えてくれた後ろの綱の男です。

「自分は鳥尾という名だ」

と名のり、鮒取の名を聞きました。

逃げ出して、ふたたびここへ連れもどされたのだと知ると、

「おお――」

と声を上げ、

「ようもまあ、無事にのう」

と、しげしげと鮒取を見つめ、

「死なずにすんだことよのう」

と声をしずめます。

「つらかったであろう。だが、これからはいくらきつかろうがここで働け。な」

と、音を立てて汁を飲みました。


しかし、舟引きはきつい仕事です。むち打ちの刑の傷はあらかたおさまってきましたが、力を出しきる仕事に体中のふしぶしが痛みます。ふんばる脚は、もう自分の体とは思えません。重い丸太棒のようです。こわばって動かすのさえいやです。

綱をかける肩はぱんぱんにはれ上がり、綱が当たる首すじは血がにじみます。上着は汚《よご》

れとともににじみ出る血にもそまっています。

「力を抜くなァ」

役人のどなり声に、歯をくいしばって、みなと足なみを合わせます。一足上げるその脚の重いこと。地面にめりこんでいる脚をむりやり引き抜く思いです。

鮒取はたえました。押し合いへし合いの寝小屋での短い眠りに、一日のつかれをなんとかしのぎながら、鮒取はたえつづけ働きつづけました。


すでに季節は夏に移っていました。

鮒取のてのひらはぶあつくなり、肩もかたく盛り上がり、力も強くなっていました。

その日も、鮒取は何度も掘割を舟を引いて行きもどり、流れる汗にこらえつづけていました。太陽はようしゃなどしません。天高く燃えたぎりつづけます。

目がくらみそうになりました。

「気張れ！　力いっぱいやらんかァ！」

と、役人の大声がとびます。

と、急に涼しくなったような気がしました。

太陽がかげったのかと見上げましたが、空には雲の一片《ひとひら》もありません。

涼しさが体中に広がりました。

ゾクッと背中がふるえます。

ゾク、ゾク、ゾクと、体中に悪寒がきました。

綱を引く腕から、さあと汗がひきました。

顔中に吹き出ていた汗もひいて、かさかさになった気がします。

口の中がからからになったと思ったとたん、ふわっと体中の力が抜けました。

頭が痛くなり気分が悪くなって気が遠くなりかけます。

ウーン
ウーン
と力んで、遠のく意識を取りもどそうとしながら綱を引きましたが、目の前がまっ暗になってとうとう倒れこんでしまいました。その後のことは分かりません。

気がつくと、板小屋の軒下の冷たい土の上に寝かされていました。衣服もひんやりとしめっていて、頭にも冷たい布がかけられていました。

軒先からのぞく黒ずみはじめた空に、星のまたたきが見えます。

だんだんとはっきりとしてくる意識に、すきっ腹をかかえ、オオカミの遠吠えにおびえた夜がよみがえってきました。ガバッと身を起こし、腰を上げようとしましたが体が動きません。逃げなければと両手をついて無理にもと腰を上げました。あの時の星の明かりを目がさがします。

星空を見上げたとたん、今は都の工事場にいるのだと記憶がはっきりしました。

そう、この小屋は寝小屋なんだ。

鳥尾はいるだろうか。

やっとの思いでふらりふらりと小屋に入っていきました。

「おお！」

と、いく人かの声がしました。

「お、気がついたか」

小屋の中ほどで鳥尾が立ち上がり、人々をかき分けてやってきました。

「よし、ここへ座れ」

入り口近くの男達がすき間を作ってくれました。

なんとかそこへたどりついた鮒取は、すき間に腰を下ろそうとしたものの、またぐらりと倒れこんでしまいました。

「まずは水を飲ませろ」

さっそく鳥尾が水をくんできて、鮒取を抱き起こし、水をふくませましたが、鮒取は二口三口飲み下すとふたたび気を失って、後はこんこんと眠りつづけるばかりでした。


舟引きの仕事にもどった鮒取に、ある日の夕食の時、

「泣き言も言わず、お前はがまん強い」

と、鳥尾がほめてくれました。

「若い者がようがまんしておるわい」

「人一倍の働きじゃ」

まわりの男達も口々に言います。

「お前は何のためにそのように働く？」

とつぜんの鳥尾の問いかけに、鮒取は口の中の食べ物でのどをつまらせかけました。質問の意味が分かりません。

「銭《ぜに》のためか？」

この仕事は、一日いくらかの銭がもらえるということです。

「食べるためか？」

それはあります。食べられることのありがたさは骨身にしみています。あの飢えのつらさは思い出したくありません。一足一足の歩みにも、食べられるものが落ちていないかと目をきょろつかせたものでした。人影がないのを見さだめ、大根畑に入りこみ、引き抜いたとたん、どこにいたのか、「どろぼう！」といきなり大声が降ってきて必死で逃げたあのこわさ。その夜のひもじさに、引き抜いた大根をなぜかかえて逃げなかったのかとくやしくて眠れなかったつらさ。

けれど何のためにだなんて――。

働けと命じられて働いているのではありませんか。いやとでも言えるのでしょうか。

「だれに？」

分かりません。

天皇ですか。

広い屋敷で、飼い犬に白い飯を食わせているような身分の高い人達でしょうか。

とにもかくにも、うかがい知ることもできないような都の奥深く、政治とやらをやっている朝廷ではないですか。

「ちがうな」

鳥尾が言いました。

「ここにとんでもなく大きなみ仏をつくるのだということは知っていよう」

小山ほどもある大仏だとは聞いています。

「天皇様がな、み仏の力によってみなが豊かにおだやかに生きる世の中にしたいとの思いから、この大仏をおつくりになるそうじゃ。一すくいの土、一枝の草でも持ち寄って、みなの力でみ仏をつくり上げようとおおせなそうな。そのみ仏はな、人々みんなをご自分の光の中につつみこみ見守ってくださっているということじゃ。おれは、そのみ仏のために働いている」

「え？」

と、目を見張る鮒取に、

「いや、み仏は人間だけではないぞ。けものも鳥も虫も草や木も、みんな、生きているものみなをじゃ。み仏の光の中でかかわり合いともに生きていると教えておいでだそうじゃ。

よう考えてみィ。げんにわしらは、こうしてここで、ともに生きていようが。それを照らしてくださっているのがみ仏じゃ。そのお姿をこの世にあらわそうとしているのがこの工事よ。み仏のために働いているのよ。そう考えてみい。み仏のため、ひいてはみなのための苦労と思えば力の入れようもちがうというものじゃ」

「みんなを光の中に？」

「そう、みんなをじゃ」

「みんな？」

「そう、お前もじゃよ」

みんなの中に、自分も入っている。

自分はみんなの中の一人。

オオカミの餌となり骨ばかりを残され

ても、なんのふしぎもない自分。

飢え死んで、草むらでくさっていっても、なんのふしぎもない自分。

そんな自分だと思っていました。そんな自分でさえもみ仏の光にくるまれているのでしょうか。

み仏の光の中のたくさんの人々の中に、自分もいるのでしょうか。

「わしらはな、行基《ぎょうき》様にそう教えられた」

「行基様？」

「ああ、えらいお坊様よ。おしたいして集まった人々で川に橋をかけ、道を作り、お前のように生まれ故郷に帰ろうにも、飢えたり病んだり、道中なんぎする者達のためおすくい小屋を建てたりと、人々のためどえらいお働きのお方じゃ。天皇様が大仏づくりに力をかしてほしいとお頼みになったそうじゃ。それでな、わしらは行基様のお言いつけでこの工事場に来て、こうして働いているのよ」

この夜、鮒取はなかなか寝つけませんでした。

自分は一人ではなかったのだ。

この人達は、自分を入れてくれていたのだ。

いいや、車引きの寅手、虫足とその家族、ともに逃げた安根、あの時、この時、みんな自分とかかわり助けてくれた。父母と離れても、自分はこんなにも多くの人に助けてもらって生きてきたんだ。

ふと思う。

自分は人を助けただろうか。

助けてもらってばかりではないか。

鮒取は今まで思ってもみなかった考えに身じろぎ一つしないで、小屋いっぱいに満ちる暗闇に目をこらしつづけました。

それからの鮒取は、仕事のつらさを今までとはちがう気持ちでたえました。まわりの人々にも気をくばるようになりました。

いつも向こう岸で鮒取と並んで綱を引く男は、頭に白いものが目立ちます。薄い胸をかがめて力いっぱい引いています。とがった肩に、綱の痛さはこたえましょう。細い脚をせいいっぱいにふんばるのは、見ていても痛ましいです。この工事のために遠い国から連れ出され、そのまま国へは帰れず働きつづけているのでしょうか。それとも、鳥尾と同じく、み仏のためにと自ら働いているのでしょうか。なにはともあれ、鮒取は、自分が少しでも力を増せば、あの男のふんばりがいくらかでも楽になるのではと考えました。肩は痛いです。脚は重いです。腰も痛みます。しかし、それでも向こう岸の男の分もと、一足一足により力をこめ、より力を出して綱を引きました。

自分の力が、少しでも役に立ってほしい。

鮒取の胸にあふれてくるのは、この思いです。

自分がここで働いているのは、ここにいるのは、無意味ではない。

自分の存在はけっして無意味でなんかあるものか。人の役に立とうではないか。

胸が熱くなってきます。

満ちあふれてくるものがあります。

あいかわらずつかれきって帰ります。しかし、食事しながら語らう時も、今までになくゆったりとした気持ちで過ごせます。

「顔つきが変わってきた」

鳥尾が言いました。

「おお、まことたくましゅうなった」

「いや、やわらこうなりおった」

まわりの人々も言います。

気がつくと、鮒取は自分がほほえんでいるのに気づきました。

きゅうくつに並び合って横になり、早くもあちこちから荒い寝息やいびきが聞こえはじめる暗闇の中で、鮒取は、きょうもよく働いたなと思っていました。

こうして、せいいっぱいでいつづけよう。

自分の力を出しきることは、こうもこころよいものなのか。

自分の力を役立てるとは、こうも満ち足りたものなのか。

人々とともにいよう。ともに生かされよう。

自分の行く末も、おのずと道が見えてこよう。

とにもかくにも、せいいっぱい働くのだ。

働きつづけるのだ。


だれかが寝返りを打ちました。人々の深い眠りを暗闇が、深々とかかえこんでくれています。鮒取は眠れぬままに、鳥尾の言葉を思い返していました。

さっき、鳥尾は、

「我々はやがて大仏作りの仕事にまわる」

と言っていました。今までの橋作りや小屋作りの経験をいかすそうです。

「お前も連れて行こうと思う。お前の働きぶりなら長も承知しよう」

そして、

「そこで技を身につけよ。仕事をすることでおぼえるがいい。とんでもなく大きな金銅仏じゃそうな。どんな仕事になるか見当もつかぬ。しかし得るものは多かろうて。我々もそれを楽しみに働くのじゃ」

とも言いました。そう、仕事で得た技を活かして働き、また技を得る。

「う」

と、思わず鮒取は声を上げました。気がついたのです。鳥尾は、お前も連れていくと言っていたではありませんか。技を身につけよと。

働いて技を身につける——

「おッ」

はっと気がつきました。

——ひょっとして、それが自分の道ではないのか——


これだ！　と思いました。

こんなにも身近に、こんなにもはっきりと、道すじはあった！


そう、これこそ、自分の進むべき道すじなんだ！

一気に、息が激しくなりました。

さけびたくてたまりません。

奥歯をかみしめさけびたいのをこらえます。

迷うことはない、進めばいいんだ。

技を持つ人になるのだ！

役に立つ人になるのだ！

よし、どんなにつらかろうがむつかしかろうが、やり通してみせる！　なんとやりがいのあることか！

胸の鼓動《こどう》が音をたてそうです。

たまらず、

「ようしッ」

と、さけんでしまいました。ますます気持ちが昂《たか》ぶります。眠るどころではありません。

闇を見すえつづけます。

夜が、しんしんと更《ふ》けていきます。

寝しずまる暗闇の中、鮒取の熱い息づかいばかりがつづきます。

あと書き

七五二年、奈良を都としてから四十年余り、奈良時代のまっさかりに、大仏開眼会《かいげんえ》（仏像の両眼に瞳を書き入れて、仏としての魂を入れる儀式）が、千人余りの僧と一万人に及ぶ人々を集めて、盛大に行われました。鮒取は二十三歳になっていました。

しかし、この時、大仏は、まだ頭部だけしか出来上がっていません。まだ、仕上げの作業が残ったままでした。鮒取はこの後も工事場で働きつづけました。工事のための鍬や斧《おの》、のみ、金べらなどを作り、修理し、鍛冶場での仕事をつづけました。そして、しっかり鍛冶の技を身につけたのです。工事場から解放されたのは二十七歳の時です。

鮒取は、近江国へ帰りました。琵琶湖のほとり、井坂の里の鍛冶屋で働くことになりました。年老いた主《あるじ》が、後をつぐ人をさがしていたのです。

炉で焼いて、やわらかくした鉄を、トンテンカン　トンテンカンとたたき鍛えて、鍬や鎌などを作ったり修理したりします。やがて、この近辺の村々の人の使う鍬や鋤・鎌は、全て、鮒取の手がけたものになっていきました。村人達にとっては、いなくては困る人となったのです。鍛冶の合い間に、都や大仏の話を聞きたがる村人達に囲まれて、鮒取は、いつかは生まれた地をさがしあてたいと思いながら、虫足のこと、寅手のこと、安根のこと、鳥尾のことなど、なつかしげに語りつづけたということです。

むかしむかし、奈良時代に生きた少年の大人への道のりの物語です。
あおによし奈良の都に住む人々の暮らしの一端でもあります。

お読み頂いて、うれしいです。

著者プロフィール
辻野 チヤ子（つじの ちやこ）
昭和７年　大阪府出身。大阪学芸大学（現、教育大学）修了
公立小学校勤務。退職後 夫経営造形教室の指導助手。大阪文学学校に学ぶ。元「動物文学誌」同人

「かんちゃんのだいはっけん」偕成社（日本児童文学者協会編「子どもの広場」）
「草もち気球」奈良県社会福祉協議会（わかくさ国体・大会 全国配布短篇集）
「むかしむかし大昔の子ども達 『アウ』と『クサ』と『ヒエ』」郁朋社
講談社児童文学新人賞佳作「マアちゃんとヨイドン」
大阪府立国際児童文学館　ニッサン童話と絵本のグランプリ　佳作賞
「ワタルのもらったとくべつほうび」

カバーデザイン・文中カット　Taco*Saboten
昭和31年　大阪府出身。府立高等学校勤務
退職後、オリジナルミュージカル劇団「劇団アカレンガ」を創設
脚本、演出、音楽、美術を担当。現在、劇団アカレンガ代表

むかしむかしの子ども達 —奈良時代の少年 鮒取《ふなとり》—

2018年12月15日　初版第１刷発行

著　者　辻野 チヤ子
発行者　瓜谷 綱延
発行所　株式会社文芸社
〒160-0022　東京都新宿区新宿１－10－１
電話 03-5369-3060（代表）
03-5369-2299（販売）

印刷所　株式会社フクイン

ISBN978-4-286-18669-6